詩集

# 冬の柿

長谷川雅代

詩集　冬の柿　＊目次

I

Ⅱ

# 詩集　冬の柿

# I

# 曲がった胡瓜

わたしが小学生だった頃には
採りたての曲がった胡瓜は
八百屋の店先に堂々と並んでいた
糠漬けでも胡瓜揉みでも
胡瓜は胡瓜だった

近頃
スーパーの店先で
曲がった胡瓜は見かけない

みんな素直に真っすぐ
行儀のいい子供みたい
胡瓜は曲がらないように
品種改良されたのだろうか

わたしは
規格に外れてもいい
曲がっていてもいい
瑞々しく自然に生きたい
ありのままでいいと
昨夜は思ったが

今朝は白髪を染め
シミを隠す化粧をして

腹のでっぱりを隠す上着を着る
それでもわたしはわたし
曲がった胡瓜に思いをはせる

# 冬の柿

向かいの家の
すっかり葉を落とした柿の木に
赤く熟れた実が三つ
初冬の風に揺れています

近頃少なくなった実のなる木
取り残した柿の実を
排気ガスに咽びながら
小鳥たちはつつきます

食糧難だった時代も
飽食の今も
人は小鳥達の為に赤い実を残し
思いやりが流れ続けています

わたしの腕の中で
幼い孫が冬の柿を指さしています
その熟れた赤い実は
あなたの中の日本人の血の色です

# 商店街

息子が保育園児だった半世紀前
我が家に近い川は
高い土手と鬱蒼と茂る古木に囲まれていた

夜の帷が下りる頃は
土手の横の細い道は街灯もなく
大人でも不気味を誘う暗黒が広がっていた
田圃と畑が広がる農村だった
息子はネオン輝く街へ引越そうとせがんだ

日常の買い物は
近所の人達が商店街と呼んでいた通りで済ませた
道の両側にはささやかだが
魚　肉　野菜　雑貨用品など
村の人達の生活を支えた店が並び
店の灯は遅くまで揺れて
売る人　買う人で活気があった

魚屋のおじさんは鰹のアラを手に
　これは特別旨いよ
と大きな声で美味しい煮方を説明していた
豆腐屋のおばさんの口からは
旦那の愚痴ばかりこぼれたが

客も旦那も笑顔で聞いていた
駄菓子屋は
子供達のにこにこ顔が犇めいていた

半世紀が流れ
魚屋　豆腐屋　駄菓子屋などは
シャッターをおろしたり
駐車場になったり
おじさんの威勢のいい声も
おばさんの愚痴も消えた
スーパーやドラッグストアが浚っていった

車が走り抜ける道の隅を
老人がヨチヨチと手押し車で

チラホラ残っている店に
買い物に出かける

川は暗渠の下に隠れ
街灯が
一晩中　休みなく走る車を照らす

わたしは今でもこのささやかな通りを
商店街と呼び
僅かな買い物をする

# またひとつ

通りに沿った家々にポツポツと灯りが灯る頃
煮魚や肉を焼く匂いが
生活している証をとどける

傘寿を過ぎた山ちゃんの家には灯りが灯らない
何処に行ったのかわからないまま
二年が過ぎる

筋向いの九十四歳の川上さんの家も

夕餉の支度の台所の灯りも匂いも消えて半年
東京の息子のところへ行ってくる
すぐ帰るの言葉を残したが
あちらの老人施設に這入ったとのこと

灯りの灯らない家
更地になって
不動産会社の売地の看板が立っている屋敷跡

子育ての頃
夕餉の支度にてんてこ舞いして
灯りの下に賑やかな子供達の声
華やかだった頃が
はるかかなたに霞む

近所の一人暮らしだった
安さんが昨日施設に入った
また　ひとつ今夜から
灯りが灯らない家が増えた

わたしの家が灯りが灯らなくなるのも
そう　遠い日ではないかもしれない

# ポポー

友人の畑で採れたポポー*をいただく
珍しい味だった
この種を蒔いて育てよう
植木鉢にふた粒蒔く
十センチほどに成長した時
畑の隅に移植した

数年は実がならないと聞いていたが
八年経っても一つの実も姿を見せない

くわしい友人に見てもらうと
これはポポーではないという

驚きと落胆
すぐ根っこから引き抜く
確かにポポーの種を蒔いたのに
何時　変身したのか

わたしが歩いてきた道で
信じたものに背を向けられたことは
いっぱいあった
第二次世界大戦の只中
　欲しがりません勝つまでは
信じて我慢の日々だった

お金の苦労はさせませんと結婚を申し込まれ
嫁いだ日からやりくりに苦労したことも

今度こそ
本物のポポーを育てたい
通販で求めた苗木を植えて三年目
小さい実がふたつ葉の間からみえる
ポポーがほほえんでいるようだ

わたしは
—ポポーが実をつけてるよー
夫を　息子を呼びに走った

＊　ポポー　北米原産　バナナとりんごを合わせたような濃厚な香りと味の果物で栄養分も豊富

# 毛虫

花を散らし
生まれたての葉が茂りはじめた
庭の桜の木から
ぽとぽと毛虫が落ちてきた
割り箸で拾い
消毒液の中へ入れようとする

　ダメダメ
と小学一年生の孫

可哀そう　死んじゃうよ
　蝶になったり蛾になったりするんだよ
わたしは箸で抓んだ毛虫を孫の目の前に差し出すと
　気持ち悪い
と逃げる
気持ち悪くても
可哀そうが先になる孫

虫も殺さぬいい女が
変身して　変心して
蝶になって羽ばたき
男たちを惑わせる
あそこにも　こっちにもある話

次の日
庭にも
枝が張り出している歩道にも
毛虫　毛虫
　ばあばここにも　あそこにも
　早く捕まえて
おお　もう変心したか

その夜
殺した大量の毛虫がわたしの周りにうごめき
自分の悲鳴で目を覚ました

# 言葉

八十歳の誕生日
やってきた傘寿が肩を叩き
準備はできているかと囁く

今まで何回も耳にした
傘寿という言葉
他人さまの時には
おめでとうと爽やかに拍手をしていたが
初めて自分のところにきて

戸惑っている

長い間
沢山の言葉の中で泳ぎ続け
溺れたり
浮かれたり
時には助けられたりしてきたが
自分から離れない一つの言葉
傘寿
めでたいやら寂しいやら

傘寿に言う
準備など大げさなものは無い
日々穏やかにその日まで元気で

子供や孫に遺す特上の言葉を探そう
はるか遠くで
米寿がうすら笑いをしている

# 蟻

雨上がりの風がひと吹きした後
五、六匹の蟻が畳の上を右往左往している
箒で掃きだす
見廻すと数匹がまたどこからか出てきて
忙し気に動いている
ここには来ない方がいいと掃きだす

ウスバカゲロウの羽でも
運んでいるのなら見過ごそうが

列を成すのでもなくひたすら右往左往している
思いきって一匹潰す
二匹目からは夢中になって潰す
二歳の孫が一緒に潰しはじめる
意味もなく小さな手で潰す

畳の上には蟻の死骸が沢山散らばっている
箒で掃きだす
一匹の蟻もいなくなった

甘酸っぱい匂いが部屋に淀んでいる
縁先には秋明菊が揺れている

# 人と豚と

通勤ラッシュの道路を
何頭もの豚を乗せたトラックが屠畜場へ走る
豚達は
ゆれる荷台で悲鳴を空に向けていた
いつもと違う雰囲気に
間もなく自分の終わりを感じていただろうか

殺されるために生きる豚
生きるために豚を殺す人間

遠い日から繰り返してきた日常
何のためらいもなく
生き物の命を食す

夕餉に家族が集う
食卓には冷えたビールととんかつ
団欒の輪の中で喉をならし
とんかつになった豚のことに
心を寄せるものはいない

豚が輸送中の車から逃げ出し
車に轢かれたり川に落ちて死んだ
というテレビニュースを見て
家族は

可哀相ねと
焼き豚を食す箸を休めずに言う

# 玉入れ

国民学校一年生の時
赤　青　黄色のおはじきを並べ
足し算　引き算の勉強は楽しかった
高校の数学　サイン　コサイン
机にしがみついて苦戦したが
今　わたしには何の役にもたっていない
算数は家計簿の
足し算引き算ができれば十分である

運動会では玉入れに歓声をあげ
赤と白　勝つためには
沢山の数が欲しいことを教えられたのに
毎日の中に置き忘れてきた
わたしの左脳は怠けていた

いま
数の勝敗におののいている

やがて黄泉の国へ渡るわたしは
庭の山茶花を愛で
縄跳びをする孫に目を細め
入れたてのコーヒーの香りに
今日を有難うと

右脳に寄り添い生きている

夫と久しぶりに手をつなぐ
お互いの右手と左手
それぞれ勝手に動いた日々もあったが
いま数の恐ろしさを共に思っている
勝ち負けは玉入れだけがいいね

# わたしの中学校

わたしが学んだ中学校は
校門の前に梨畑が広がり
運動場の南側は見渡す限り田圃と畑
校舎の横には水草をなびかせ
豊かな水を湛えた川が流れ
小使い室の後ろには掘り抜き井戸が
深くから湧き出て
運動した後の喉を潤してくれた

井戸の周りは小さな社交場
ソフトボールが好きだったあっちゃんは
いつも大きな声で元気よく
小柄で世話好きなえっちゃん
のんびりやのふみちゃん
みんなの笑い声が跳ねていた

六十余年ぶりに
その中学校を訪れた
木造二階建てだった校舎は
ガラスが眩しい四階建てに変身
梨畑　田圃　畑　川みんな消えて
井戸も見当たらない
周りは仰ぎ見るビルばかり

ショッピングセンター　レストランなどなど
わたしの中学校は何処へいった

今年もあっちゃん　えっちゃん　ふみちゃん達と
伊豆に旅をした
それぞれの掘り抜き井戸が
存分に甦り笑いが渦巻いたが
どうしても木造二階建ての校舎が見つからない
梨畑　田圃　冷たい掘り抜き井戸が
時代の風に飛ばされてしまった
風に乗れないわたしが迷い子になっている

# 血液検査

左腕を看護師の前にさしだす
上腕をゴムで縛り
　軽く握ってください
血管が細いわたしは看護師泣かせ
いつも緊張する

しばらくして
裁きは主治医のパソコンへ流れる
三か月に一度の血液検査で

わたしの身体の中は数字で整然と
印刷されて手元にある

間質性肺炎が出て愕然とする
終わりの支度を急がなければ
妹二人を温泉宿に誘い
お世話になったねと
僅かばかりの心づけを渡す

次の血液検査で
下がるはずのない数字が下がっている
思いがけない結果に目を疑うが
これも血液検査

今月も左腕を看護師に差し出し
裁きを待つ
隣で採血している人も同じ赤い血だが
それぞれに見えないものに
期待したり心配したり
見えないものは恐ろしい

# ひろ坊

国民学校四年の夏
戦争が終わった

人々は飢えていた
母親は子供に弁当を持たせるのが大変だった
隣の席のよっちゃんのアルミニウムの弁当箱には
蒸かしたさつま芋が二本並んでいたから
秋だっただろう
すいとんを食べに家に帰った子もいた

弁当の時間に
窓の外を見ると
ひろ坊が一人運動場でボールを蹴っていた
わたしは麦の中にわずかに米が入った
梅干し弁当を食べ乍ら
ひろ坊を眼で追っていた
先生もボールを蹴るひろ坊を見ていた

ひろ坊は
いつも鼻水を垂らした
クラスで一番のいたずら坊主だった
ひろ坊には六年生の兄さんと
弟が一人　妹が二人いた

父親はまだ復員していなかった

午後の授業が始まった
黙って教室に入って席に着いたひろ坊
先生もすいとんを食べに帰った子もわたしも
何ごとも無く授業が始まった

小学校を卒業して半世紀以上が過ぎたある日
ひろ坊が住んでいた家の前を通った
隣はパン屋になっていて
ひろ坊の家はパン屋の駐車場になっていた
大きな袋にいっぱいのパンを持った子供が
母親と車に乗り込んだ
広がる空でひろ坊が一人でボールを蹴っている

わたしはひろ坊に大きく手を振る

# 兵隊さん

国民学校の講堂は
兵隊さんの宿舎になっていたが
働いていたのを見たことは無く
何をしていたのかも知らない

国民学校四年のわたしと春枝ちゃんは
学校が終わると毎日講堂へ遊びに行った
いつも同じ兵隊さんが
講堂の入り口に出てきて遊んでくれた

胡坐をかいた脚に二人を乗せ
頭を撫ぜながら
ふるさとを歌った
―ウサギ追いしかの山―
わたし達も声を合わせた

兵隊さんの手は大きくて温かだった
兵隊さんと一緒に歌うのが誇らしかった
いつ行っても待っていたように
その兵隊さんだけが出てきた

ある日
遠い空を見ながら

ふるさとを歌っていた兵隊さんを見上げると
目に光るものがあった
わたしと春枝ちゃんは
固く手をつなぎ無言で足早に帰った

夏休みに戦争は終わった
新学期には兵隊さんは
一人もいなくなった

近頃
兵隊さんの軍歌が
遠くから聞えてくることがある

# あの夜のこと

焼夷弾に照らされた街は静かだった
大勢の人達が走っているのに
足だけをサッササッサと動かしていた

国民学校四年のわたしと二年の弟は
母が押す乳母車の両側に
乳母車の中には五歳の妹
母の背には二歳の妹
みんな黙って走った

焼夷弾がバラバラとわたし達の周りに落ちてきた
「臥せぇ！」
大きな声と共に伝書鳩を入れた箱を背にした兵隊が
横を流れていた川に一番先に飛び込んだ
続いて数人が飛び込んだ
わたし達は其の場にしゃがみこんだが
すぐにまた走り出した
周りにはあちこちに炎が立っていた
誰も泣いたり叫んだりしなかった

母の背で妹は
暑いと防空頭巾を外す母に
黙って何回も被せ直した

走って走って
六月の空が明るんできた頃
人々は田圃の畔に腰を下ろし
お互いの無事を喜びあった
静かだった夜が賑やかになった

七十余年たった今
あの夜の静けさは
わたしだけのものだったのかと思う

# II

# わたしの中の見知らぬ人

心臓の手術のあと
血圧が下がり五百六十ＣＣの
見知らぬ方の血をいただきました

ぽとりぽとり
一晩かけて見知らぬ方が
わたしの中に入ってきました
純粋なわたしではなくなりました

見知らぬ方は美男か美女か
献血をなさった方だから
わたしより健康で優しい方に違いない
わたしは変われるかも
淡い期待と不安を抱いて朝を迎えました

あれから八年
いただいたB型の血液はすっかりわたしになって
身体中を巡っています

わたしは元気になりました
見知らぬ方に有難う

# 鰻

鰻が
二十余年前に逝った母を連れてきた

最近仕事で疲れている息子に
―今夜は鰻を食べに行こう―
出勤前に声をかける
仕事で遅くなるかもしれないとの返事

ならば弁当にしよう

あちこち電話をかけ値段を確かめる
だいたいどこも同じだが
安い店があった
国産の鰻ということだったので
少し遠いがその店に決める

二世帯住宅の我が家だが
今夜は一緒に食べようと夫を説得する

嫁が車を走らせ七時に鰻到着
息子も帰ってきた
早速みんなで温かい鰻重を食べる
柔らかで美味しい
賑やかな食卓に笑顔がある

その鰻屋は
わたしの実家の近くで
母はたまにここの鰻を御馳走してくれた
―お婆ちゃんは俺たちと鰻食べる時は
いつもにこにこしていたね―
息子が言った
鰻が母を連れて来てくれたのだ

# 繋ぎ合わせて

母が作った
古い着物の布を繋ぎ合わせた手提げ袋
母の　祖母の　姑の
普段着　よそ行きの布が
色合いよく寄りそっている

見つけた
その手提げ袋の一番下に
わたしの三歳の祝い着の一片

母がわたしの成長に喜びを添えて
針を運んだだろう着物の端切れ
わたしはその一片に頬を寄せる
八十年の時を飛び越え母がいる
わたしがいる

# 孫とわたしの十歳

飛行機の爆音に怯え
英語は敵国語　ノートは帳面と言い
日記帳には
—先生がおっしゃいました—と書く
三歩下がって師の影をふまず
わたしの十歳

空高く飛んで行く飛行機を指さし
—あの飛行機でアメリカへ行ってみたい—

英語の塾通い
日記帳には
　—先生が言いました—
先生は友達
孫の十歳

敗戦を背負った十歳と
平和があたりまえの十歳
モンペはGパンに
おじやはドリアとなり
天下泰平

孫とわたしの間に
七十年に近い時の大河が流れ

敵国は友好国になり
卓袱台はテーブルに変わって
スーパーマーケットには
沢山の食品が並んでいる
パソコン　スマホの情報の中で暮らす

孫の十歳とわたしの十歳

# 母の着物

母が元気な頃
わたしに着てほしいと手渡された一枚の着物
母の嫁入りの箪笥に入っていたもので
一番好きなものと聞いていた
太い立縞に厚物の菊が飛んでいる
色も派手でなく地味でもなく
わたしも大好きだった

母がその着物を着る時の

華やいだ姿を見ていたからかもしれない
袖を通すと
表地と裏地がしなやかに寄り添い
驚くほど着やすい

わたしの知らない母が
わたしの知らない
特別の日に袖を通したのかもしれない
ナフタリンの匂いがする母の着物
鏡の前でわたしごと抱きしめて
お母さんと呼んでみる

# 縁台

縁台がくたびれてきたので
通販で買う
完成品ではないので
組立てなければならない

冷房が効いた部屋で
扇風機を回して
ドライバーを手に夫が挑戦する
力いっぱい螺子を押しこんでいる

わたしは支え役
　しっかり押さえてくれよ
わたしずっとあなたを支えてきたつもり
押さえたりしなかった

木が堅くて螺子がすんなりとは入っていかない
　息子に電気ドリルを借りてきたら　とわたし
　やれるだけやってみる　と夫
この頑固に長い間つきあってきた
二人とも汗びっしょり

ほんの少しずれただけでやりなおす夫
この几帳面に　ずぼらなわたしは
背をむけたい時もあったが

ひたすら我慢と忍を積み重ねた日々
もう　通販の組立てる製品はやめようね
そうだな　完成品がいいな
それぞれがそれぞれの年齢をしみじみ思い

やっと完成した縁台を前に
何はともあれ
夫の元気を有難く思うわたし
多分　支えたわたしを忘れている夫
まあ　いいさ

夫はテレビの前に座り高校野球観戦
わたしは昼食の支度に台所に立つ

# 紫陽花

梅雨の晴れ間の紫陽花が眩しい
七十八歳で旅立った母は
色が移ろうこの花を
老いを見るようだと言っていた

父が旅立ちして三年後の昼下り
ベッドから外を見ていた母が言った
　お父さんが迎えに来たから白足袋を出してちょうだい
呆けてはいなかったがいよいよか

足袋をさがすからお父さんに出直してと言って
の言葉にうなずいた母
それから三日後に旅立った
父と連れ立っただろうか

母は老いてから何を思って生きただろうか
亡くなる少し前には
　子供達に迷惑をかけないように
　盆　暮れ　正月は避けて良い時節に旅立ちたい
と言っていた
その通り孫たちの大学入学　就職の慌ただしさも
一区切りついた桜の季節に旅立った

今　母が逝った年を越えたわたし

夫婦二人で紫陽花を見る
母が老いを見るようだと言った花を

もし夫が先に逝ったら
わたしを迎えに来るだろうか
わたしはついていくのだろうか

# 今年の桜

万歳と空を仰ぐ
有難うと手を合わせる

生きている

病院の窓越しにみる駿府公園の桜の蕾が
淡い桃色になった頃
焦点の定まらない目を
空に向けていた

心臓の手術は
怖くはなかった
大丈夫と信じていたが
見えないところで揺れていた

手術が終わって
医者の回診が楽しみになり
窓の向こうの桜は華やいで
空は広がっていた
胸いっぱい病室の空気を吸った

退院の日　桜は葉桜になり
柔らかな光を照り返し

駿府公園には新緑が萌えあがり
堀には鯉が鱗を光らせ
わたしの身体の中には蝶が舞っていた

# 一通の通知

旅行会社からのダイレクトメールと一緒に
夫が一週間前に受けた健康診断の結果が届いた
再検査の文字に
まさかが
体中を駆け巡る

淀んだ日常に
突然落とされた一滴のしずく
もし

もしも
大きく広がる波紋に
家族が溺れそうになる

水色の空はたちまち灰色に
庭の桜の木にそよいでいた微風は
大きく葉を揺らす強風に
どちらを向いても
台風の前触れ
飛ばされないように両脚を踏ん張り
夫に大丈夫よと声をかける

タバコは吸わない
酒もほどほどの親父だから心配ないよ

息子達も気休めを言う

一通の通知が
家族を揺り動かし
あたたかさを掘り起こす
繋がっている

再検査までの日々を
変わりなく過ごしている夫
またスイスへ一緒に行こうと言う

# 耳掃除

金木犀の香りを含んだ陽ざしが
縁側で新聞を読んでいる
老いの背中を暖めている
五十年連れ添った妻が
右の耳の聞こえが悪い
詰まっていないか見てくれと
恥ずかしそうに言う

わたしは時々耳掃除を妻に頼んできたが

妻の耳の中を覗いたことは一度もない
おそるおそる覗く

初めて見る妻の耳
わたしの尖った言葉が突き刺さっている
妻の心に繋がらなかった
沢山の言葉が張り付いている

わたしは五十年の日々を繰りながら
深呼吸をして
何も詰まっていないと
優しく妻に言う

そんなことないでしょう

妻は笑いながら言う
心に届かなかった言葉があるのを
知っていたのか
耳に突き刺さったままの言葉の痛みに耐えてきたのか
耳かきをそっと置く

金木犀のちいさな花弁が
はらはらと舞い落ちている
秋の早い夕暮れは肌寒い

# 重ならない日々

新聞を読んでいた夫が
　「新聞をめくる音が聞こえる」
とびっくりしたような声でいう
庭の草むしりの手を休め
　「今日はなぜこんなにヒヨが啼くのかな」
と声をかけてくる
補聴器を初めてつけた朝の夫の驚き
会話の中で何度も聞き返したり

間をおいた相槌
補聴器をつけることへの抵抗も
新聞をめくる音が聞こえた感度さえも
夫だけのものだった
わたしの中を素通りしていた

最近わたしも耳が遠くなってきた
会話の中で聞き返すことが多く
補聴器をつけたらと夫が言う
わたしは言う
「新聞をめくる音はまだ聞こえるから」

お互いに重ならない五十年の歳月
モチの木で囀るヒヨドリの鳴き声を聞きながら

わたしだけの肩凝りに湿布を貼り
重なったふりをして今日を終わる

# 不思議

心は体のどこにあるのかと
幼い孫は人体の図鑑を開き探しています
見つからない
不思議と言っています

何処にもありそうで
何処にあるのかさっぱり解りません
レントゲンでも影は見えません
超音波で診察しても見つかりません

誰でももっているのです
密やかに
荒々しく

朝には桜色に染まって跳ね
夕べには嵐が襲う日もあり
乾いた音をひびかせ崩れた後に
芳醇な笑みを連れてきたり

誰も見たことも無く
触れたことも無いのです
掴むことはとても出来ないのです
夫の　息子の　嫁の

心を探すのは
生きている証
この不思議を抱え
今日も生きています

孫は明日も心を探すでしょう
夕焼けが真っ赤です

# 彼岸花

わたしが三途の川を渡ったのは
スルガエレガントの花が香っている頃でした
彼岸花が咲く今
雲の間から
家族を覗いてみました

朝の慌ただしさは
相変わらずです
息子は朝飯も食べず

いつも通り出勤しました
いや　わたしが毎朝作って持たせた
韃靼そば茶の水筒を持っていません

二人の孫はトーストパンとヨーグルトで
朝食を済ませ
母親の早く早くの声に押され
ランドセルを背負って出かけました
この頃は仏壇のわたしに
お茶も線香もありません

夕暮れ時
二世帯住宅のキッチンの食卓で
夫は一人で夕餉の膳についています

好物の鰹の皮つき刺身をツマミに
焼酎を飲んでいますが
胡瓜の酢のものがありません
豚肉の生姜焼きは
わたしが教えた通りに作り
皿にのっています
もっと惣菜の作り方を教えておけばよかった
会話のないテーブルで
静かに箸を動かしています

わたしがいなくても
みんななんとかやっています
わたしが家族から遠くなっています

三途の川を渡るということは
そういうことでしょう
彼岸花がもうすぐ花弁を落とし
今年も秋が訪れます

## あとがき

日本の四季は春夏秋冬それぞれに美を連れてきます。四季を思う言葉も人それぞれが持っています。その想いを日常の中で言葉を通して伝え合います。

言葉は時代によって流されていきます。私は日本人として日本の心、日本の言葉を大切にしたいと思ってきました。自分の日常の中から拾い上げたささやかな想いを、誰にでもわかってもらえる言葉で詩に書きたいと思って、そのように書いてきたつもりです。

私も人生の終章に差し掛かり、その心の想いを少しでも残したいと、詩集の出版を決意しました。

拙い作品ばかりですが、この度想いかなって詩集を上梓することが出来、とても幸せに感じております。

今までご指導くださった先生方、ありがとうございました。詩集のタイトルを選んでくださった菊田守様、ありがとうございました。朝日テレビカルチャー「心の詩の会」の原利代子様、詩のご指導、詩集出版へのアドバイスをありがとうございました。土曜美術社出版販売の高木祐子様、出版のお世話をありがとうございました。高島鯉水子様、美しい装幀をありがとうございました。

また、この詩集をお読みくださる皆様に心よりお礼申し上げます。

二〇一七年晩秋　　長谷川雅代

著者略歴

**長谷川雅代**（はせがわ・まさよ）

1935年5月17日生まれ

所　属　静岡県詩人会　静岡県文学連盟
　　　　朝日テレビカルチャー「心の詩の会」

現住所　〒422-8021　静岡市駿河区小鹿812－1
　　　　　　　　　　電話 054－262－1338



詩集　冬《ふゆ》の柿《かき》

発　行　二〇一七年十二月十日

著　者　長谷川雅代
装　幀　高島鯉水子
発行者　高木祐子
発行所　土曜美術社出版販売
〒162-0813　東京都新宿区東五軒町三―一〇
電　話　〇三―五二二九―〇七三〇
ＦＡＸ　〇三―五二二九―〇七三二
振　替　〇〇一六〇―九―七五六九〇九
印刷・製本　モリモト印刷

ISBN978-4-8120-2411-9　C0092